Para Robert

Título original: *Bob The Artist*
Adaptación de cubierta: Marion Deuchars

Benito Castro, 6
28028 MADRID
www.maevayoung.es

ISBN: 978-84-16690-80-0
Depósito legal: M-4.619-2017

MAEVA desea contribuir al esfuerzo colectivo y permanente de proteger y preservar el medio ambiente y nuestros bosques con el compromiso de producir nuestros libros con materiales responsables.

Gracias a:

Alex Coco, Felicity Awdry,
Laurence, Jo y Elizabeth, LKP.
Louise Kuenzler, Sophie McKenzie (City Lit)
David Lucas
Elizabeth Sheinkman WME
Hamish y Alexander
ANGUS HYLAND.

Max, el artista

Escrito e ilustrado por
Marion Deuchars

MAEVA young

—¡Qué día tan precioso para salir a pasear y estirar mis GARBOSAS patas! —dijo Max.

—¡EEEH! ¡Mirad
esas patas
tan FLACAS!
—gritó Gato.

—¡Oooh!
Mirad, parece
que anda
sobre
PALILLOS
—observó
Búho.

—¡OH! ¡Pero qué ESCUCHIMIZADAS SON tus PATAS! —gritaron los otros pájaros.

Todas aquellas burlas pusieron **MUY TRISTE** a Max.

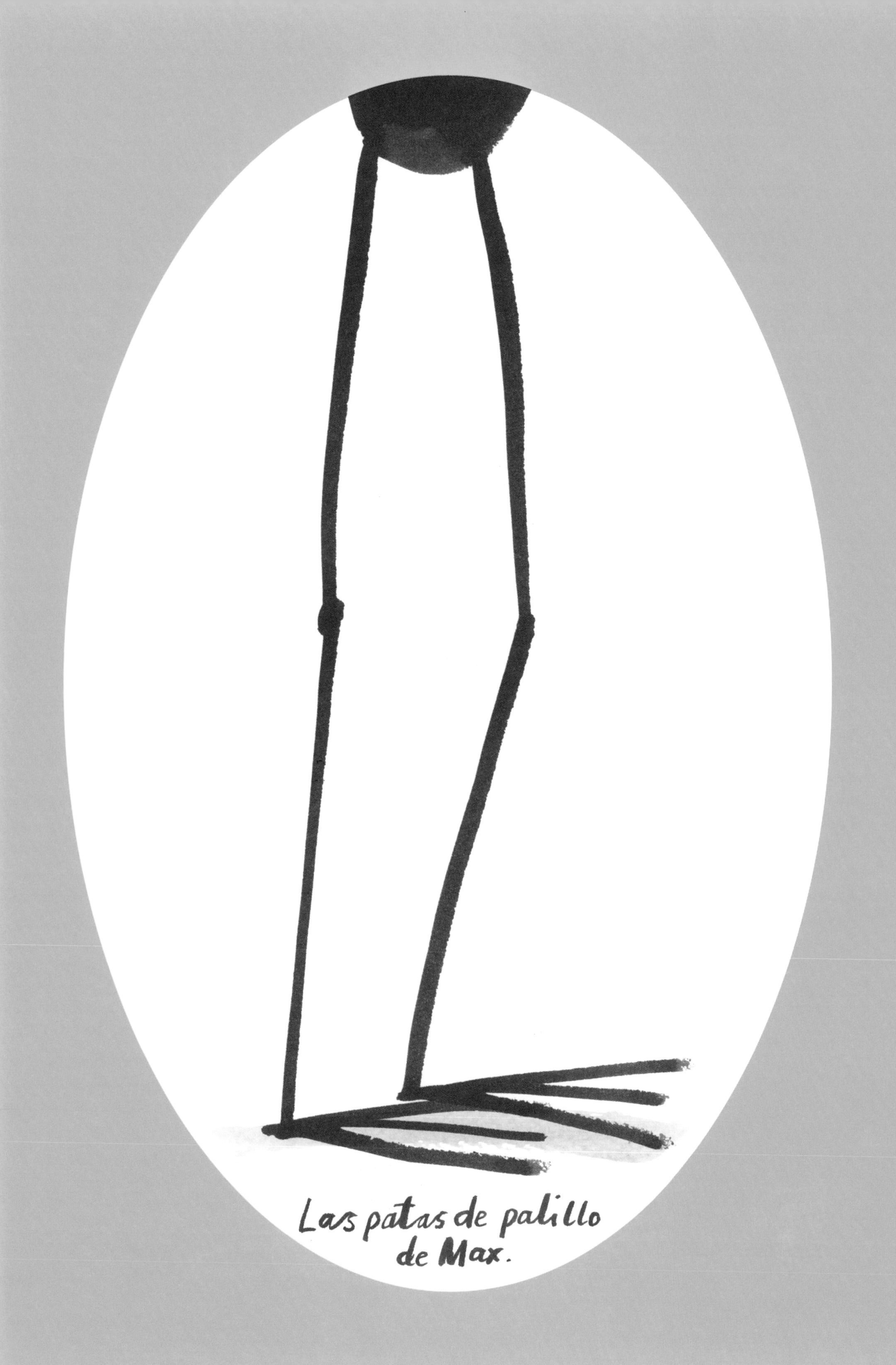

Las patas de palillo
de Max.

Entonces Max tuvo una idea.

GIMNASIO

"¡Voy a hacer EJERCICIO para tener las patas MUUUY fuertes!"

Pero eso no funcionó.

"Ya lo sé. Voy a COMER para que mis patas engorden muchísimo."

Así que Max
COMIÓ y
COMIÓ y
COMIÓ.

Pero
eso tampoco
funcionó.

Su siguiente plan era muy simple.

Pero se sintió ridículo.

Así que Max dio un largo paseo.

GALERÍA DE ARTE

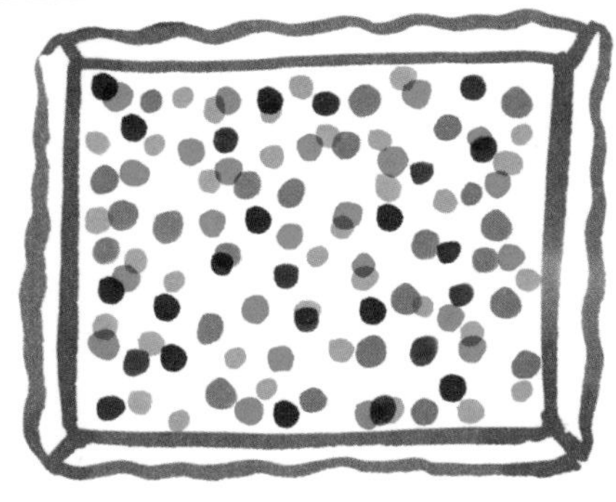

¡MAX SE SINTIÓ

INSPIRADO!

Max había tenido una idea brillante. Sacó sus pinturas y empezó a colorearse el PICO.

El lunes se lo pintó como MATISSE, con PRECIOSOS estampados de colores.

—¡OOOOH!
¡Qué maravilla!
¡GENIAL!
¡INCREÍBLE!
¡Qué atrevido!
¡ALUCINANTES
COLORES!
¡ESTUPENDO!
¡ASOMBROSO!
Una obra
de arte —exclamó
Búho.

El martes Max se pintó el pico con brillantes trazos, como Jackson Pollock.

Ahora TODOS LOS DÍAS Max se pinta el pico de una manera distinta.

¡A Max le encanta que todo el mundo vea los MARAVILLOSOS diseños que hace para su pico! Ya no se preocupa de sus patas de PALILLO. Al contrario, ¡ahora está muy ORGULLOSO de ellas!

Y a veces a Max le gusta incluso dejarse el pico de su color rojo.